Yuyi and La Rama

Yuyi y la rama

By Judith Mervis (Yudith Pantoja)

AuthorHouse™
1663 Liberty Drive
Bloomington, IN 47403
www.authorhouse.com
Phone: 1-800-839-8640

Published by AuthorHouse 10/1/2012

ISBN: 978-1-4685-7600-9 (sc)
*   978-1-4772-3661-1 (e)*

Library of Congress Control Number: 2012906265

Any people depicted in stock imagery provided by Thinkstock are models,
and such images are being used for illustrative purposes only.
Certain stock imagery © Thinkstock.

This book is printed on acid-free paper.

Because of the dynamic nature of the Internet, any web addresses or links contained in this book may have changed
since publication and may no longer be valid. The views expressed in this work are solely those of the author and do not
necessarily reflect the views of the publisher, and the publisher hereby disclaims any responsibility for them.

authorHOUSE®

For my parents —my wonderful mom Carmen Rivas Cadena
and (in memory of) Ignacio Pantoja Gonzalez

Yuyi and her parents, Nacho and Carmen, had a taquería, and they were living in the back of it. They were a poor family, but they were full of love. Yuyi used to help her parents serve the tacos and prepare the milkshakes after school and on the weekends. One Saturday, Yuyi woke up very happy because it was time to sing "la Rama," house to house. Singing "la Rama" on Christmas Eve was a Mexican tradition practiced by southern Mexicans.

"Are you going to help me decorate la Rama this year, Dad?" asked Yuyi. Dad looked at Yuyi with a sad face and said, "I am so sorry, Yuyi, I don't think I have time to help you tonight. I have to clean the taquería with your mom." Yuyi got upset and her eyes got red and watery. She wanted to sing "la Rama" to collect some money so she could buy a big Christmas tree that she had seen in the mercado last week. Her mom had looked at Yuyi and said, "Do not worry, Yuyi, I will convince your father to help you with la Rama. Tell your friends that they can come over tonight."

Yuyi y sus padres Nacho y Carmen tenían una taquería y vivían en la parte de atrás. Yuyi y sus padres eran pobres pero su casa estaba llena de amor. Yuyi ayudaba a sus padres a preparar tacos y licuados en la taquería después de la escuela y los fines de semana. Un sábado por la mañana Yuyi despertó muy feliz porque era tiempo de cantar la rama casa por casa. Cantar la rama era una tradición que se hacia antes de la navidad en el sureste de México.

– ¿Vas a ayudarme a decorar la rama este año papá? – Yuyi pregunto a su papá. Papá miro a Yuyi con tristeza y dijo – lo siento Yuyi pero no creo tener tiempo para ayudarte esta noche pues tengo que limpiar la taquería con tu mamá –. Yuyi se sintió desilusionada y sus ojos se pusieron rojos y húmedos. Ella quería cantar la rama para coleccionar dinero y poder comprar un gran árbol de navidad que ya había visto en el mercado la semana pasada. La mamá de yuyi había visto todo y le dijo – no te preocupes Yuyi, voy a convencer a tu padre para que te ayude con la rama. Ve y diles a tus amigos que pueden venir esta noche–.

Yuyi wanted to tell her parents about the Christmas tree that she had seen before, but she knew that her dad wasn't going to be happy about it. Yuyi's family was very poor, and they were hardly able to pay the rent. They didn't have money for a Christmas tree and if they did, they would prefer to buy food instead.

Later that evening, however, Yuyi decided to tell her father about the Christmas tree that she wanted to buy. "Dad, my friends and I are going to sing "la Rama" tonight and, with the money I collect, I am planning to buy a beautiful Christmas tree in the mercado," said Yuyi. Dad smiled at Yuyi and said, "I knew that you were planning to do something, my little girl. You always do sweet things for us to make us happy. It is okay: you can go with your friends to sing "la Rama." Just remember that we are happy the way things are; we do not need a Christmas tree to be happy. Happiness does not have a price. By the way, I will let you go, but you need to come back before 9:00 p.m. It is dangerous to be outside at night when you are so little." Yuyi was so happy! She gave a big hug to her dad and promised him that she would come back early.

Yuyi quería decirles a sus padres acerca del árbol de navidad que había visto antes pero ella sabia que a su papá no le iba a gustar la idea pues ellos eran muy pobres y apenas les alcanzaba para la renta. Ellos no tenían dinero para un árbol de navidad y si tuvieran algo de dinero ellos preferirían comprar comida en lugar de un árbol de navidad.

Mas tarde, esa noche Yuyi decide decirle a su padre acerca del árbol de navidad que quería comprar. –Papa, mis amigos y yo cantaremos la rama esta noche y con el dinero que gane pienso comprar un hermoso árbol de navidad en el mercado–. El papa de Yuyi sonrió y le dijo –Yo sabia que estabas planeando algo mi pequeña niña. Tu siempre haces cosas buenas para hacernos felices y esta bien, puedes ir a cantar la rama con tus amigos, solo recuerda que ya somos felices y que no necesitamos un árbol de navidad. La felicidad no tiene precio y por cierto te dejare ir pero necesitas regresar antes de la nueve. Es peligroso que andes afuera cuando todavía eres una niña–. Yuyi estaba tan feliz que le dio un gran abrazo a su papa y le prometió que regresaría temprano.

Suddenly they heard some thunder. "Yuyi, I think it is going to rain tonight. You better sing "la Rama" tomorrow, and I will help you decorate it," said Yuyi's dad. "You are right, Dad, but I need to go to my friends' houses and let them know that we can meet tomorrow." Yuyi ran as fast as she could to her friends' houses and told them about meeting the next evening in her taquería.

That night Yuyi could barely sleep. She was thinking about the beautiful Christmas tree that she had seen in the mercado. She had a dream in which she was running with a Christmas tree in her arms for some reason. The next day, Mom sent Yuyi to el mercado to buy tortillas, tomatoes, and chiles for the tacos. El mercado was an interesting place where people could smell the cocoyol, papaya, and coconut candies. They could also catch the scent of the delicious pork, chipilin, and chicken tamales, not to mention the hot chocolate that women prepared and sold there. El mercado also had toys, clothes, roses, and, of course, Christmas trees.

De repente ellos escucharon unos truenos —Yuyi creo que va a llover esta noche, será mejor que canten la rama mañana y les voy a ayudar a decorarla – dijo el papá de Yuyi. —Tienes razón papá pero necesito ir a la casa de mis amigos para dejarles saber que nos reuniremos mañana— contesto Yuyi. Yuyi corrió tan rápido como pudo hacia las casas de sus amigos y les dijo que se reunirían mañana en la taquería.

Esa noche Yuyi casi no durmió. Se la paso pensando en aquel hermoso árbol de navidad que había visto en el mercado. En su sueño ella estaba corriendo con un árbol de navidad en sus brazos. Al día siguiente la mama de Yuyi la mando a comprar tortillas, tomates y chiles para los tacos. El mercado era un interesante lugar donde la gente podía oler dulces de cocoyol, papaya y coco. También la gente podía oler tamales de puerco, chipilín, y pollo; no sin mencionar el chocolate caliente que las mujeres preparaban y vendían allí. El mercado también tenía juguetes, ropa, rosas y por supuesto arboles de navidad.

Yuyi passed by the place where some people were selling big, white Christmas trees. "That is the Christmas tree that I saw last week. It is so beautiful!" exclaimed Yuyi with happiness. The man who was selling the Christmas tree asked Yuyi, "Would you like to buy it? It's only fifty dollars." Yuyi looked into the man's eyes and, with a sad tone, she said, "Oh, no! I do not have that money right now; I just have twenty-five dollars. And this money is to buy the tomatoes and chiles that my mom needs to make the tacos in the taquería. But I am sure that I can buy it tomorrow if you don't sell it." The man felt sorry for Yuyi and told her that he was going to hold the Christmas tree for her until tomorrow afternoon.

Yuyi pasó por el lugar donde estaba el gran hermoso árbol de navidad. — ¡Ese es el árbol que vi la semana pasada, es tan bonito! — exclamo Yuyi con alegría. El hombre quien estaba vendiendo el árbol le preguntó a Yuyi — ¿te gustaría comprarlo? solo vale 50 dólares—. Yuyi miro a los ojos de aquel hombre y con un tono triste dijo — ¡Oh no! yo no tengo ese dinero ahora. Solo tengo 25 dólares para comprar tomates y chiles que mi mamá necesita en la taquería—. Yuyi continúo viendo el árbol y agregó —estoy segura que podré comprarlo mañana si usted no lo vende antes—.

El hombre sintió tristeza por Yuyi y le dijo que estaba bien, que el lo iba a apartar hasta mañana por la tarde.

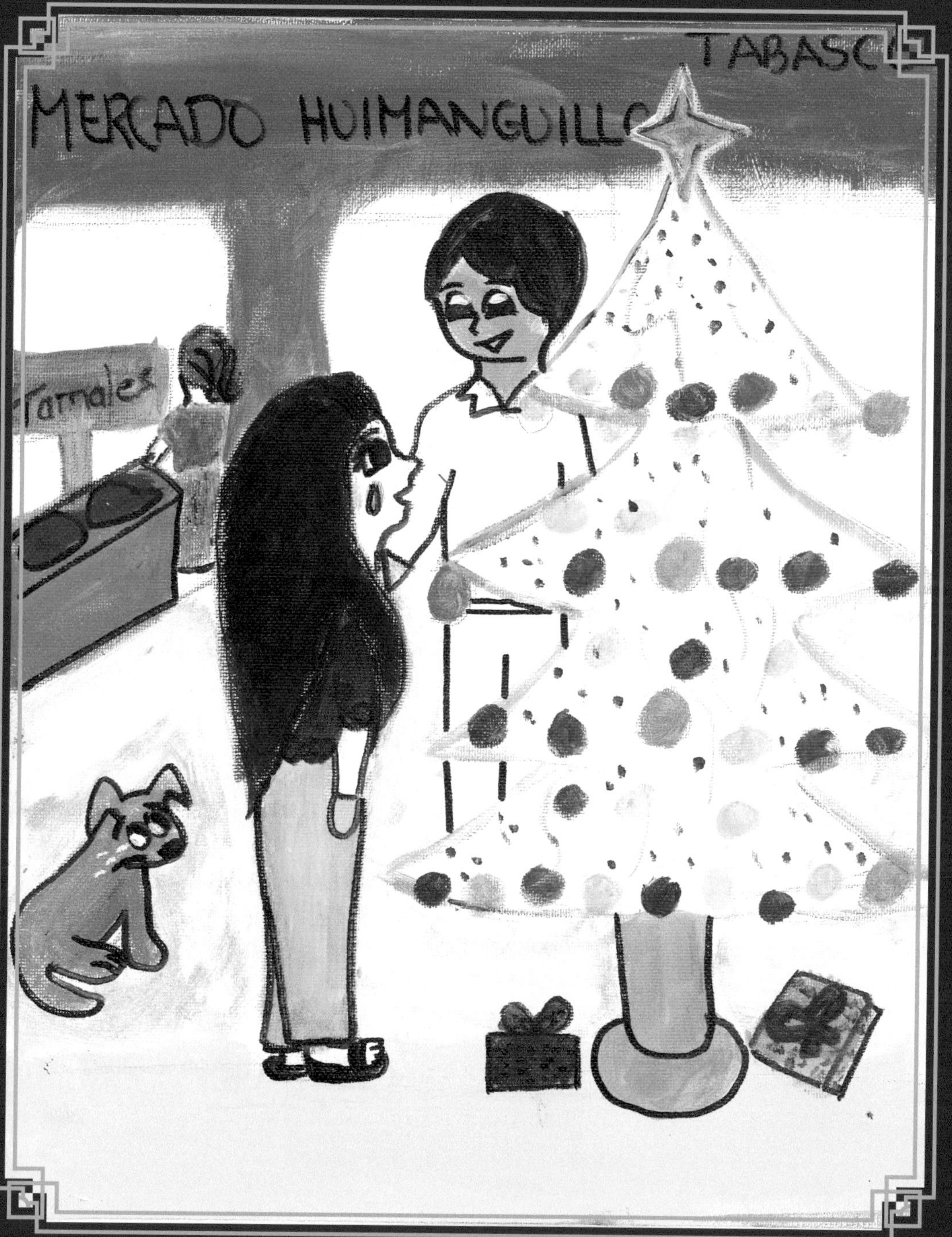
TABASCO
MERCADO HUIMANGUILLO
Tamales

When Yuyi came back home, she put the groceries on the table and told her parents that it was almost time to sing "la Rama." She was so excited! Yuyi went outside with her mom to get a branch to make la Rama. They also got cotton, balloons, and Christmas ornaments to decorate it. When Yuyi's friends arrived, her mom and dad were already decorating la Rama. Angel, Claudia, Rosario, and Daniel brought Christmas ornaments that they didn't need in their houses. La Rama had green, red, and yellow balloons, but there was something missing: it didn't have a star on the top. "I have an idea," said Claudia, "why don't we make the star with a piece of a newspaper and glue it on top?" "Yes, that would be great," said Yuyi.

Finally, la Rama was ready. It was white with green, red, gold, and silver ornaments. It looked bright and beautiful. But Yuyi's father was worried. He said, "Yuyi, please remember your promise." Yuyi smiled at him and said, "Dad, I will come back before nine, and you will help us count the money—I promise you."

Cuando Yuyi regresó a casa, ella puso las cosas en la mesa y le dijo a sus padres que ya casi era tiempo de cantar la rama. Yuyi estaba muy emocionada. Fue afuera con su mamá a cortar un pedazo de rama de un árbol. Agarraron algodón, globos y esferas de navidad para decorar la rama. Cuando los amigos de Yuyi llegaron, ya la rama estaba casi terminada. Ángel, Claudia, Rosario y Daniel trajeron decoraciones de navidad que no necesitaban en sus casas. La rama tenía globos verdes, rojos y amarillos pero le faltaba una estrella arriba en lo alto. – ¡Yo tengo una idea! – dijo Claudia. – ¿Por qué no hacemos la estrella con papel periódico y la pegamos arriba del árbol? –. –¡Si, eso seria perfecto! – contesto Yuyi.

Finalmente la rama estaba lista. Era blanca con decoraciones verdes, rojas, doradas y plateadas. Se veía brillosa y bonita pero el papá de Yuyi se veía preocupado y dijo –Yuyi por favor recuerda tu promesa–. Yuyi sonrió a su papá y le dijo –papá, vamos a regresar antes de las nueve y nos vas a ayudar a contar el dinero, te lo prometo–.

They were walking by Juarez Street when Angel said, "Let's go to Doña Chona's house first—she has a big Christmas tree that we can see while we sing 'la Rama.'" "Okay!" they all shouted. When they got there, a little girl opened the door and asked them what they wanted. Yuyi and her friends said at the same time, "We are singing "la Rama," would you like to hear us?" Suddenly, another voice came from inside the house. It was the little girl's mom who shouted, "Let them come in!" Doña Chona invited the kids to the living room, and Yuyi and her friends sang:

"Here it comes, la Rama with many lights, because delicious beans were eaten in this nice house."

"If you give me license, I will go inside, and once I am there I will sing so nicely."

"Oranges, limes, limes and lemons the Virgin Mary is prettier than flowers."

"Here it comes, la Rama; it came from Belén to see Mary and the baby, too."

"Give me my money for a duck's love if you don't do it, I will break your shoe."

"Give me my money if you are so kind; night is too long and we have to walk."

Then, Doña Chona put some coins in Yuyi's money container and they all sang loudly,

"Now la Rama is leaving and it's very grateful because it was very, very, very welcome."

Estaban caminando por la calle Juárez cuando Ángel dijo vamos a la casa de doña Chona primero. Ella tiene un árbol de navidad bien grande que podemos admirar mientras cantamos la rama–. ¡Esta bien! – todos gritaron. Cuando ellos llegaron allí, una niña bien pequeña abrió la puerta y le preguntó que querían. Yuyi y sus amigos contestaron – estamos cantando la rama, ¿les gustaría escucharnos? –. De repente, otra voz vino de adentro de la casa. Era la mamá de la niña, doña Chona que dijo en tono alto – ¡déjalos pasar! –. Doña Chona invito a los niños a la sala y todos empezaron a cantar:

"Ahí viene la rama con muchos faroles porque en esta casa comieron frijoles"

"Si me da licencia entro para adentro y adentro le canto este nacimiento"

"Naranjas y limas, limas y limones mas linda es la virgen que todas las flores"

"Aquí viene la rama viene de Belén a ver a la virgen y al niño también"

"Denme mi dinero por amor de un pato, si no me lo dan le rompo el zapato"

"Denme mi dinero si me lo han de dar que la noche es larga y tenemos que andar"

Entonces dona Chona puso unas monedas en el contenedor que Yuyi traía en la mano y todos cantaron bien fuerte:

¡Ya se va la rama muy agradecida porque en esta

casa fue bien recibida!

"Thank you, Doña Chona," Yuyi said before she and her friends went on to sing "la Rama" in many other houses. Sometimes Yuyi and her friends didn't get money from people, but they still enjoyed the adventure of singing "la Rama." After singing so much, Yuyi and her friends got tired. They didn't realize that it was already 9:30 p.m. They walked back home and Yuyi held la Rama and a container with the money in it. They were all so eager to count all the money they had collected that they were walking fast. They were so excited that they didn't notice that some bad kids were following them.

When they finally realized that some bad kids were walking behind them they started to run, but Yuyi fell and the kids reached her. One of the bad guys was a tall, big boy with an ugly face. He shouted at Yuyi, "You better give me the money, little girl, or we will grab it anyway." Yuyi was terrified. She started crying, but then she remembered that it was important to be calm and avoid panicking when in trouble. Also, she thought about that beautiful tree that she was going to buy with the money. Yuyi decided that she wasn't going to let that boy take her money, so she said to the boy, "It's okay, here is la Rama. You want la Rama too, don't you?" She put her right hand behind her back and tried to hide the money container. Then she screamed to her friends, "Let's go and tell my dad! Run, run!" Yuyi and her friends ran as fast as they could and, when they were near the corner of the taquería, a strong voice said, "Leave them alone or I will call the police." It was Yuyi's dad, who looked at the bad boys with a not-so-friendly face.

—Gracias doña Chona – dijo Yuyi momentos antes que se fueran a otras casas a seguir cantando la rama. Algunas veces no recibieron dinero de la gente pero a ellos no les importaba pues en realidad disfrutaban de la aventura de cantar la rama. Después de cantar mucho, Yuyi y sus amigos estaban muy cansados. Ellos no se dieron cuenta que ya era las nueve y media así que decidieron caminar a casa. Yuyi llevaba el contenedor con dinero. Estaban muy inquietos de llegar y contar el dinero así que empezaron a caminar bien rápido. Estaban tan alegres que no se dieron cuenta de que unos niños malos los estaban persiguiendo.

Cuando Yuyi y sus amigos se dieron cuenta que unos niños malos los estaban siguiendo, ellos empezaron a correr pero Yuyi se cayó y los niños malos la alcanzaron. Uno de los niños era alto y feo. El le gritó a Yuyi – será mejor que me des el dinero niña o lo agarraremos de todas formas– Yuyi estaba asustada y empezó a llorar. De repente ella recordó que era importante estar calmada y no tener pánico cuando alguien esta en problemas. También pensó en aquel árbol de navidad que iba a comprar con ese dinero. Yuyi decidió no darle el dinero a aquel niño y le dijo –esta bien, aquí esta la rama. ¿Si quieres la rama verdad? – . Ella puso su mano derecha atrás y escondió el contenedor de dinero. Entonces ella gritó a sus amigos – ¡vamos a decirle a mi papá, corran, corran! –. Yuyi y sus amigos corrieron tan rápido como pudieron y cuando estaban cerca de la taquería, una voz fuerte dijo – ¡déjenlos en paz o llamare a la policía! –. Era el papá de Yuyi, quien estaba mirando a los niños malos con cara de pocos amigos.

The bad boys ran away with la Rama, but Yuyi and her friends were happy because they still had the money with them. "Yuyi, this is what happens when you don't obey your parents. I told you to come back home early, by 9:00 p.m. What happened?" Dad asked Yuyi. Yuyi answered him "I am sorry, Dad. I didn't pay attention to the time. It is not going to happen again. Please believe me." Yuyi's parents hugged her and told her that a promise was a promise, and it was not right to break it.

Yuyi's friends and her parents went back to the taquería to split the money. All the kids were so happy; they got a good amount, and they were thinking about what they were going to buy for Christmas. Yuyi was only thinking about the Christmas tree she had seen in the mercado. The next day, Yuyi went to el mercado to buy groceries for her parents and she bought the Christmas tree that she wanted. Yuyi ran back to the taquería, smiling. Her eyes were wet and she was almost crying from so much happiness. Her heart was beating faster. "Dad, Mom, look what I got for us!" said Yuyi with enthusiasm. "Yuyi, where did you get that Christmas tree from?" asked her mom as she took her apron off. Dad looked at Yuyi and said, "I knew she was planning to do something with that money, but I didn't know she was going to get a Christmas tree for real. Come over here, my sweet little girl!" Mom and Dad hugged Yuyi.

That night they had a wonderful Christmas because a miracle came true, a wish that Yuyi had in her heart came true. The family had a Christmas tree on the floor and, on the table, they had a big turkey with beans and rice. After eating, everyone went to sleep. But Yuyi slept underneath the Christmas tree because she wanted to have the Christmas tree lights reflecting on her face until she fell asleep.

Los niños malos se llevaron la rama pero Yuyi y sus amigos estaban felices porque todavía tenían el dinero con ellos. —Yuyi esto es lo que pasa cuando no obedeces a tus padres. Te dije que regresaras a casa temprano, a las nueve. ¿Que paso? – el papá de Yuyi preguntó.

Yuyi respondio –lo siento papá no puse atención al tiempo. Esto no va a volver a pasar, por favor créeme–. Los padres le dieron un gran abrazo a Yuyi y le dijeron que una promesa era una promesa y que no estaba bien haberla desobedecido.

Yuyi, sus padres y sus amigos regresaron a la taquería para repartirse el dinero. Todos los niños estaban felices porque les había tocado una buena parte de dinero y estaban pensando en que iban a comprar para navidad. Yuyi solo pensaba en aquel árbol de navidad que había visto en el mercado. Al día siguiente, Yuyi fue al mercado a comprar la despensa para los tacos y aprovechó la oportunidad de comprar el árbol de navidad también. Yuyi regresó a la taquería sonriendo. Sus ojos estaban húmedos casi llorando de felicidad. Su corazón latía rápido. – ¡Papá, mamá mira lo que compré para nosotros! – dijo Yuyi con entusiasmo. – ¿Yuyi, de donde agarraste ese árbol de navidad? – preguntó su mamá mientras se quitaba su delantal. Papá miro a Yuyi y dijo –yo supe que Yuyi estaba planeando algo con ese dinero de la rama, pero no sabía que en realidad iba a comprar el árbol de navidad. ¡Ven acá mi niña dulce! – . Mamá y papá abrazaron a Yuyi con mucha felicidad.

Esa noche la familia de Yuyi tuvo un hermoso árbol de navidad porque un milagro se había hecho realidad. Un deseo que Yuyi había pedido de corazón se hizo realidad. La familia tuvo un árbol de navidad en el piso y sobre la mesa ellos tenían un gran pavo con frijoles y arroz. Después de comer, todos se fueron a dormir. Pero yuyi se durmió abajo del árbol de navidad porque quería que las luces del arbolito se reflejarán en su cara hasta que ella se quedara dormida.

The End

Printed in the United States
by Baker & Taylor Publisher Services